海と重力

吉田義昭

思潮社

海と重力　吉田義昭

思潮社

目次

Ⅰ
海辺の時間　8
余命　12
渡島　16
東シナ海　20
引き潮の時　24

Ⅱ
海の声　28
海からの光　32
海に落ちる月　36
長崎半島　40
月と花火　44
一瞬の虹　48

Ⅲ

海鳥が去って　54
星の進化　58
漂流の後に　62
廃村の記憶　66
空の愛し方　70

Ⅳ

海と重力　76
磁気嵐の下で　80
海の歴史　86
海は穏やかに荒れて　90
海霧に　96
宿命の海　100
覚書　108

装画＝柿本忠男
装幀＝伊勢功治

海と重力　吉田義昭

I

海辺の時間

波打ち際で朝焼けの海を見ていた
こうして地球はまた自転し
私に新しい海の色を見せてくれる
空にはまだ昨日の月が残っていた
風の音は不連続だが波は満ち
同じ速度同じ音色を響かせ引いていく
波は私にもっとゆっくりと生きろと
正しい時間の速度を教えているのか

月がこんなにも輝いて見える夜明け
海辺には私の時間は流れてはいない
そろそろ潮が満ちる気配がする
私も月の引力に引かれているのだろう
波音に合わせ少し速度を遅くして歩く
時を刻むような波の時間が愛おしい
人の気配を感じて振り返ると
穏やかに歩いてくる老人の姿が見える

今日と昨日の風景が重なって見えない日
私に残された温かな僅かな時間
立ち止まり男をじっと見つめていると
私を追いかけ近づいてくるようだ
さらに時間を遅らせ歩いていた私なのか
老い方も歩き方も私に似ている

時間は時に空気のように早く流れたり
生きる場所を失うと遅く流れたりもした

失くした時間はどこに隠れたのか
一日前　一年前の私か
十年前の私よりも私に似ている
私の時間はきっとまだ老いてはいない
私から少し遅れてきた私に挨拶し
波打ち際で私たちは上手に重なっていく
だが波間に私を見つめる別の男が立っていた
私の人生の時間はまだ満ちてきてはいない

余命

正しい土地で死にたい
余命三ヶ月
突然　帰郷してきた友は
純粋な明日を見つけた
明るい海辺の病室に入るという
十三年ぶりに
故郷の無人駅で落ち合い
よろけた肩を支え
熱い手を繋いだまま

いつしか老いすぎた二人
子供の頃に遊んだ
暖かな浜辺を歩いてみたが
黄昏時の海には色がない

正しい死に方で死にたい
余命三ヶ月
なかなか日も暮れていかない
無彩色の黄昏の時間なのか
波打ち際を漂っていた彼が
波音に消され語りだす声
私に語りかけてはいない
私に葬儀を託したいという
私に弔辞を頼みたいという
死者を讃えることは罪

弔辞は長く書いて欲しいので
下書きを必ず読ませて欲しいと

正しい時代に死にたい
無思想という思想
何も持たずに生きていた私たち
人生の脚色はしたくはない
この時代で見失った自分に怯え
悪い後悔ばかりしていたと
上手くは生きていなかったが
不器用な普通の人生を生きたと
泣きながら弔辞を読んでみたい
こんな時代を生きたことが幸運
何も残せず何も語れず　私も
正しい想い出のまま生きていたい

最後に私に会いにきたから
友は　死んでいく孤独を
死者になる私を許せと言ったが
私は友を心から許せない
空は晴れてはいたが色がない
波の音も聞こえなくなった
海鳥の鳴き声も風の音もない
海を歩き海の香りもしないのだ
正しい時代を生きたかったのか
余命三ヶ月
正しく決められた日に
私は愚かな友の弔辞を読むだろう

渡島

海を見ていたのではない
波を見ていたのだ
次の波に押され
波には自分の意志はなく
また次の波にも押され
輝ける光が縦に砕け
私に向かい流れてきたのだ

あの島に渡りたいと

遠く島影を見つめながら
私の心も揺れていた
だがこの波を越えられるか
ただこの地を離れたいと
遠く去った妻の死
この故郷で失ったものは
私には何もなかったはずだ

波が波を繰り返すように
長い年月の間
私は愛されていたのだから
今でも激しく愛してはいる
だが　私が愛していたのは
妻と私の幻の生活だったか
愛したのだから　愛された

ここではない場所へ
今はただ
妻の行方を追っていたい

あの島で
妻と波打ち際を歩いたのだ
島を見ていたのではない
私の影に私の姿を重ね
妻が消えた空を見ていたのだ
ここで忘れようとした想い出
いつも私に押し寄せていた波
私には何もない
何も望まないことが
私の運命だったはずだ

東シナ海

東シナ海
空を映す海
故郷の海は波もなく静かでした
この海を越え祖父や父母たちが
西南の島から帰ってきた歴史あり
私がまだ幼い頃
温かな家族の中で
今は語りたくないと
国境を越えた物語を母から聞いた

東シナ海
時を語る海
国境の海は波間だけが輝いていた
暖流と寒流の間で季節に怯え
過去と今日が
ぶつかりあった歴史あり
歴史はすべて虚偽であったと
帰り着いた故郷の村を背後に
私はこの海を見つめているだけだ

家々が背中合わせに寄り添う
私が生まれた小さな故郷
海風も陸風も行く先を見失い
私の背中を激しく押していた
私はかつての戦いに疲れた遠い海を思う

戦いに敗れたのは父たちだけではない
歴史に隠された時代の背後で
浜に辿り着く波に遠い時代の影を映し
この海が
私をここに置き去りにしたのか

東シナ海
この海はどこかの
虚偽の時代の海ともつながっていた
いつしか父母の消えた時代を生き
私は戦いを終えた後の国境を辿る
今は鳥たちも波も風も自由に
この海を往き来しているのだから
私の確かな生きる決意も
この海を越えていたにちがいない

引き潮の時

水平線が揺れどんなに海が荒れても
ここは私が生まれた穏やかな浜辺の村
長崎県　西彼杵郡《にしそのぎ》　野母崎町《のもざき》高浜
幾つもの時代の夏空の下を通り過ぎ
東シナ海に寄り添う私が慈しみ愛した村
何も語らない海に沿って辿り着いた
かつて私たち引揚げ家族が暮らした村だ
ここからは遠く幻の島が見え隠れしていた

母が見つめなかった島が私には見える
一九四五年　母が兄の運命を産んだ年
母として輝いた宿命を産み落とした年だ
山奥に疎開したすぐ後に戦争が終結
お産のために台北の実家に戻った母
街は燃え総督府も病院も爆破され
荒れ果てた家の中で母は怯えていた
お産婆さんも間に合わず産声も遠く
兄の脳に酸素が届かないと感じた一瞬
母は兄の運命に激しく懺悔したという
その翌年　軍人だった祖父の勲章を捨て
台北の基隆《キールン》港から追われるように家族は帰国
小さな船は木の葉のように揺れたという
三日も漂流し佐世保に着いた時母は泣いた
布団袋一つと行李一つと

泣けない赤ん坊を抱き
それ以上の持ち物は許されなかったが
時代に背負わされた宿命を大切に抱えて

海面に温かな夏の霧がたちこめていた
愛する血縁たちに引き寄せられた贋の帰郷
ここに長い歴史を生きた村があったことを
強く耐えた母に思い出させたかった
時代を振り返らずに生きた母の遺影に海の影
母は兄の運命に一生を捧げると誓い
兄を助けて欲しいと祈る姿勢で私も生み育てた
浜辺には母の歴史を語り継げない兄と私の影
銀白色の遠い波が砕け夏の海が満ちてくる
西南の海に微かに島影が見える気がした

Ⅱ

海の声

海の声が聞こえる
消えた故郷を見つめながら
背後からもの悲しく
遠い父たちの声と
音のない私の泣き声
波音でも海風でもなかった

白く輝いていた熱い砂
浜木綿の花も萎れ
朽ち果てた丸太が数本

錆びた金属板の下で這う
光を拒む船虫たち
置き去りにされた私の影
この風景は私が失くした
無彩色の故郷の幻景だ

かつてこの村に建っていた
私が生まれた廃家
過去を振り返らなかったから
少年時代に壊されていたのか
雨風か波の力で倒されたのか
それとも美しく自滅し
狂おしい家系の団欒の影の中で
透き通って消えていったか

海に帰ってきて
海の声を耳で聞かず
温かな頬で聞いている
私の時代も消え去り
海辺の故郷も私の原風景も
優しく忘れられていくだろう
きっとこの地に置き去りにされ
私の来歴も忘れられていくが
祖父のささやかな遺言で
僅かな遺骨を散骨した
父たちの海に
美しく忘れられてはいけない

海からの光

足下の海に触れたから
海と呟いたのだ
私は海を憎んではいない
荒れるから海なのだ
山が見えたら山
島が見えたら島に触れたい
光を浴び
海は眠りから覚めたのだ

朝陽に隠れた灯台が見える
遠く霞んでいるのは
幻の島ではない
この入り江に突き出た半島
緑濃い低い山が連なり
山裾の川縁に小さな墓地
純粋な風景は永遠に
海からの光に隠され
白い墓石たちが
波のように輝いていくだろう

波打ち際に水死体なのか
海でも陸でもない砂地だ
海で死んだか
山で死んだか

波打ち際で倒れたのか
ここに流れ着いたのか
ここから流れていく一生か
だが男でも人間でもない
私に似た老木の影だった

波打ち際に美しい水死体
あれは子供の頃の幻視だった
日が昇り始めた波打ち際には
流木や貝殻や魚の死骸や海藻
生き物たちの運命が落ちていた
海との境界線をはみ出すな
もう一歩前で生きろ　そうだ
もう一歩　光の内側だ

海に落ちる月

夕暮れの月が色のない空に漂い
これから輝く準備をしています
水彩画に描かれた紙の月のようです
まだ日は落ちていません
星たちも微かに浮かんできました
私が生まれた村の海と空
海から空へ 静かな夜が満ちてくる予感
子どもの頃に見た空と同じ景色でした
月の光も星屑も　いや

今にも月や雲さえ落ちてきそうです

夕陽の通り道が輝いて見えます
忘れようとして忘れられなかった空
長い時間をかけ私も夕暮れ色に染まり
颪の粒子たちが海面で揺れています
私はこの空と海を見て育ったのです
時間まで粒子となり落ちてきて
私の村が消えた歴史を洗い流しています
ここにいることがこんなにも痛い
私がここを去った日の物語
父母が私を呼ぶ声まで聞こえてきます

雲や波や砂の粒子までが
私の身体に激しくぶつかってきます

生きることがこんなにも痛いと
子どもの頃に全身で感じた
夕暮れ前の輝きを忘れた空の痛みです
これから夕陽が沈んでいくのです
私は今どこで生きているのか
名づけようもない宿命のように
暮れなずむ夕陽を前に
私は遠い海を見て佇んでいたのです

長崎半島

下弦の月は遠くに去り
青い水平線が海に空を重ねていた
海に映る満天の星が
この浜と海とをつなげていたが
あなたには見えないものが多すぎる
あれは私が生まれた海辺の村
半世紀も住む人がいない村だ

愛しいあなたに
この村を見せるための贋の帰郷

いつも空想の海辺で私は生きていた
あんなに帰りたいと思っていたのに
ここに来てまた帰る場所を探している
流されて生きていた喪失の時代と
死んだあなたと歩きながら
寄り添って生きていた人生と
失いかけた宿命に似た運命を
再び私があなたから取り戻すために

かつての海に映っていた私の影
遠い晩夏のあの日
東シナ海は荒れ帰る道を失った
寂れた戦後の歴史から消えた半島の名
あなたと死という別れ方をしたように
歴史にも結末がなくてはならないと

私にも帰る半島や村があったことを
遺影になったあなたに見せたかったのだ

何も失ってはいないと信じたから
夜の半島がこんなにも美しく見えるが
私にも見えない歴史が多すぎた
歴史は壊れていくものではない
風化され壊されていったのなら
私の記憶の中にまたこの村を呼び戻そう
半島は歴史の影に隠れていたのではない

私の記憶に永遠に生き続けていた村
寂れた村と老いた私と
どちらが私の運命を背負えたか
またこの半島から離れねばならない

海に敗北した私の歴史の終末を
私はあなたに語り続けなくてはならない
無数の星たちを浮かべている海に
遠い時代の私たちの顔を映すように

月と花火

月が輝き遠い花火が見えない
仏壇のある西の部屋の窓辺
母をなくした息子と
孤独に守られていた私と
妻にもこの花火を見せたいと
私に似てすぐに運命を諦めたが
痩せた息子の言葉が痛々しい

遠い昔　初めて妻と息子で
故郷の名もない浜辺に帰った時

「月を取って」と輝いた目で
重そうに長い棒を持ってきた息子
「月は遠いの」と質問され
星空に手が届きそうな高さに満月
「大人になったら行こう」と答え
あの日から息子の月を探していた

月の光も凍りついていた冬の夜
静かに動いていた下弦の月を見つめ
「お母さんは死ぬの」と聞かれ
故郷の海辺の月を思い出しながら
「そんなに悪くはない」と輝いた嘘
月も私の残りの人生も欠け始め
息子には嘘だが私には真実の嘘だった

その時　息子の背後の仏壇から
「あなたと私と　どちらが
本当の月を見ていたの」と妻の声
息子から隠れるように障子に影
「思い出はいりません」と囁き
消えた花火は見たくなかったらしい

妻の死が妻の運命の演出とは思えない
もしも私の運命に仕組まれていたら
謝っても　謝っても　許されない
見せかけの嘘を誰に謝ったらいいのか
死んで遥かに私の生き方を越えた妻
月はあんなに遠く離れ
どんな嘘もつき通せば美しく輝くのだ

妻との距離は月よりも遠かったのか
妻の影が病室で死んだあの日より
近くに見えたり遠くに見えたり
私は月に誰の運命を映しているのか
空には雲に隠れた残りの月と花火
障子には半分だけ私の影が消えて

一瞬の虹

雨上がりの朝
空に雲はなく消えそうな虹
遠く東シナ海が見える
曲線を描いている水平線
波はいつも穏やかそうだが
小さな島々に弾かれ輝いていた

もう忘れかけていた葬儀の日
いや忘れようとしていたのか

妻の遺骨は軽すぎたが
もう思い出すものはないと
嘘をつく　ごめんね
でも本当の嘘だったのだ

妻が死んで一年
小さな遺影と一緒に
故郷の海に架かった虹を潜ると
空から降ってくる私を呼ぶ声
もう妻の声は聞き飽きたと
嘘をつく　ごめんね

この海は何を隠していたのか
虹は一瞬で消えるから美しいが
遠い昔　折り紙で作ったような船で

父母は台湾から三日もかけて
この海に辿り着いたと聞いた
血縁たちの海の歴史は消せない

私の人生の余白とは
妻と生きるはずだった残りの人生
かつては父母や妻と見た虹なのに
誰も思い出せぬうちに一瞬で消えた
血縁がひとりずつ虹の上へ
昨日は愛しい叔父の葬儀だったのだ

人生には一瞬で消えるものはない
もう何も失いたくはないと
嘘をつく　ごめんね
でも本当の歴史だったのだ

私は余分なものを抱えすぎた
私はあの虹の上でも生きていける

Ⅲ

海鳥が去って

風の声が聞こえる
波音が羽音に消され
海鳥が風の音も削ぎ落とす
白い波と海鳥だけの風景
空から流れてくる光の破片
朝陽でも夕陽でもいい
静かに美しい光を浴びていたい

海鳥たちが

波の飛沫で羽を濡らしている
波間に一羽の海鳥の死骸
その海鳥を隠すように
海鳥たちが鳴きながら舞う
輝く潮風に乗り
空と海を行き来する海鳥たち

波打ち際に怯えるな
私は私の眠る影を見たのだ
海鳥の死を見たのではない
私は私の運命を見たのだ
波に消えた鳥を見たのではない
私は私の死の影を見たのだ
私と見誤ったのではない

波に運ばれ
海鳥が去った後の海
ここは海ではなくなる
風が消えた後の海も
海ではなくなるだろう
人間はいない方がいい
私が見つめていない方がいい
私が去った後の海

星の進化

星が生まれ星が死ぬ
それだけの一生が美しい
海面に映る小さな星たち
波に濡れ輝きを忘れた星たち
星を輝きだけで見つめるな
星たちは感情だけで回転し
偶然と奇跡を信じて移動する
それでも全ての天体の運動は
積み重ねた法則に従っていたが

ここは宇宙の一隅のさらに片隅
星たちに追い詰められた私の一生
私は生きる法則も見失い
海に浮く星を名前で呼んでいる
天の北極で生きる北極星
さそり座の星たちや北斗七星
私に呼ばれると輝きを増すが
いつかは消える運命だと見下すな
星は自滅する輝きを隠していたが

かつての天文学者の神話を信じよう
やがて必ず復活する
幾世紀も前に消えた星たち
星に操られた彼らの生き方を笑うな

観察と観測だけの星との一生
星は決められた通りの道を辿り
決められた長さの時間で消えたが
私の運命より輝きが少なかったと呟くな
夜空の星たちに拒絶されぬうちに
優しく名のない星も呼んでみたが

ここから見える小惑星も
輝きながら落下する彗星も銀河も
彼らが作った星の地図は
大陸も海も消滅した後なのだろう
文明も都市も描かれていない
一瞬の輝きを見ただけで私は
星の一生と向き合えたと思えない
星の進化は消滅することではない

私と同じ時空を生きている星の歴史
星は空だけで生きているのではない

漂流の後に

風が西に向かっています。朝日が流れる方角です。その時私は、この時代を漂流していない私を感じていました。目の前の景色は流れているのに、私の時代が流れているようにも思えません。平和公園を歩いていると、死んだ叔父さんと歩いた風景が現れてきたのです。何もかも昔のまま、私の時代は頑なに流れに逆らい止まっていたのです。

「おまえは何故、俺と同じ病気を発病したのだ。それでも生き続けろ」

そう死者に詰問されても答えられません。「慢性骨髄性白血病」、遺伝子が突然変化し、他人より白血球の数が増えただけです。私の病気とは思えませんが、私は薬を飲んで完治したと信じています。叔父さんのように、時代に流され、何度も入院も手術もしていません。

遠い時代、手をつないで爆心地を歩いた日が蘇ってきます。あの日も夏、叔父さんは被爆し、造船所から家まで、死者たちと一緒に歩いた風景を克明に語ってくれました。あの時代から何も変わらず、私の時代と叔父さんの時代は重なっていたのです。平和記念像が遠く嘘寒く、平和公園という名も時代から取り残されている気がします。

「おまえはなぜ、被爆者の病気に罹ったのだ。自分の愚かさと罰を恥じろ」
そう言われても、それは叔父さんの時代の話です。子供の頃、私は何度か原爆資料館を訪ねました。叔父さんから被爆した日の話を何度も聞かされました。きっと私は、私の時代を生きていなかったから夢の中で被爆したのです。いつ被爆したかは問えませんが。

「私はなぜ、生きているのですか。同じ病気で叔父さんは死にました」

昨日、私が老医者に尋ねた言葉です。叔父さんの被爆の話に怯えても、強がって、私の病気には怯えませんでした。叔父さんが死んで数年後に私の薬スプリセルが出来、私の時代が叔父さんの時代を打ち消したのです。私が発病するほんの数年前の時代のことでした。


「運命だ。おまえは発病の時期を自分で決めていた。自分の幸運を信じろ」

叔父さんの声が、また夢の中で響き怯えました。私が誠実にこの時代を生きていた誇りとは何か。叔父さんは被爆し、正しく叔父さんの時代の中で死にましたが、私の命と私の時代はどこに向かって流れていたのか。

今日もあの白い薬を一粒だけ飲みました。

廃村の記憶

あの日、海が荒れ、村の小道まで襲ってきた波。花も草も枯れた。死魚も流木も浜に打ち上げられ、海辺の墓地の墓石も倒れた。死にかけた村で、樽神輿を朽ちかけた神社に運んだ。神社を守る神は消えたのだろうか。毎年、祭りの準備を終えたこの時期の豪雨だ。激しい雷雨で裏山も私の家も揺れ、村全体が時代を遡るように震えていたのだ。

土地を揺らすことは村が冒瀆されることだ。神社の鳥居は海に向かって傾き、人は住む土地の高さで祈り方が決まる。村はいつ出来たか、祭りはいつ始まったかという神話も消えた。津波では空へ、山に逃げたが、その時、壁もなく屋根と柱だけになった神社が見えた。山崩れでは浜に逃げたが、海が迫ってきた。それが村での昔からの暮らしだ。

祭りは永遠に始まらない。祭りの準備をする度に村の神事は生き続けてきた。私の家は戦後、引揚げ家族としてこの村に戻ったが、祖先は何代もこの地に住んでいたという。農業も漁業も神事と同等に守ってきたが、土地への愛着は死んだ血縁たちへの祈り。津波の後で、骨壺から幾つも骨が零れていたが、私たち家族は何度も死者を葬ったのだ。

海と山の僅かな隙間で生きてきた村。異常気象と科学者は言うが、異常なら規則的に起きるわけがない。海水が蒸発し空で凝縮され、激しい風に流され落下。そんな時代の繰り返しだが、海のせいにするな。海に罪はない。どこかの海が荒れるから何処かの海が穏やかになれる。自然の摂理だ。大いなる海の力で祭りは邪魔され続けただけだ。

この半島の土地の下には断層が走っている。地面が移動する度に、村も少しずつ海の方に移動した。海面も上昇し、確かに浜がなくなってきた。危険な海から離れろと言われても、神社が移る土地は半島に残されてはいない。神が守れなかった神社を捨て、いつかは神事を、本物の神輿を担ぎたいと祈っていた村人だけがこの村を去ったのだ。

だが数年後、私の村さえ消えていた。私がずっと村を離れていたからか。私がいないと村でなくなるのか。昔は海だったという村だ。村人の身を削る暮らし方が神を葬ったのか。また祭りの準備がしたい。宮入が懐かしい。白い褌姿で樽神輿を海に沈めたい。村は地図からも消え、私の祭りの記憶も消えかけた。それが戦後の終わり方だったのか。

空の愛し方

空の透明度を信じること
ここが地上だとしたら
どこまでを地上と呼び
どこからが空なのか
私には境界線は見えません
空の深さを信じ
空の下で空っぽの心を捨て去り
何も持たず何も考えず
私の純粋な生活を愛すること

それがこの地上で生きる秘訣です

今から百五十億年前の神話
そう昨日のような出来事です
偉大なビッグバンの大爆発
電子よりさらに微細な一点から
私の宇宙が膨張を始めたのです
そこから未知の空間が広がり
新しい粒子や物質を生成しながら
あの偉大な宇宙が生まれ
今でも私の一つ一つの細胞が
宇宙が生まれた瞬間を感じ
あの記憶を思い出そうとしています
それが空の下で生きる秘訣です

そして今から四十六億年前
遥かに広がり始めた無の空間
銀河系の中に太陽系が誕生
その広大な太陽系の一隅に
星たちがぶつかり合い地球も誕生
あの感動的な太陽の誕生日と
つつましい地球の誕生日と
私の誕生日と何が違うのだろう

さらに四十億年前の神話
水に包まれた地球に生命が誕生
五百万年前には人類も誕生
地球や太陽が生まれたから
私の全細胞は今も生きていると
幸運にも人間として生まれたと信じ

空からの重力を感じて生きること
それが地球で生きる秘訣です
地球が太陽系で暮らす一日と
私の今日一日と何が違うのだろう

空には空の歴史があるから
私には無限に遠くに見えるのだ
それでも私の脳は宇宙を感じ
日々空を愛して暮らしていても
何も解明されない私の生活
私に新しい空は見えてきません
この薄い地球の表面で生きていて
宇宙が生まれたあの瞬間に
時間も空間も生まれたというが
私は今　この広大な地上を歩き

時間と空間の隙間を見つけること
そして空からの浮力も感じること
私がここにいる空の下の一日は
永遠に一日だけでは終わらない

Ⅳ

海と重力

夕陽が水平線に沈みかけている
じっと動けずにいるようだ
ここは地図にない長崎半島の南の外れ
小さな島がいつしか陸とつながった
風景は時代に激しく変えられ
私にも変われと告げているのだから
私はここにいないことにする

ここを地名で語りたくはない
ここからは海と灯台しか見えない

半島の先端に立つと海の上にいる危うさ
真下の天草灘もただの海の地名
東シナ海も歴史を語ってはくれない
私の生まれた過疎の村は消えたのだから
私はどこにもいないことにする

海からの季節風が吹き荒れ
枯れ枝が静かに海に消えた
もし私が誤ってここから転落しても
穏やかに風に舞って落下できるだろうか
私なら自由落下をまねて
空を見つめ私の時代を見下ろし落ちてみせる
真下の海へ足は竦んでいないことにする

永遠に語れない島の歴史と

私の運命に怯えているのは私なのだ
海を見下ろしているのに
海からの重力を感じてはいない
枯葉のように空気の抵抗に負け
月のように同じ軌道を繰り返し
この時代のどこにいるか軌跡も確かめず
重力で落ちるだけの私の人生ではない

それでも海の地図を辿れない私に
海の重力は働いていて欲しかった
故郷で生きられなかった消えた運命論
月のように引力に頼る私の人生でもない
私と私の運命と東シナ海との間の引力
この海に引っ張られて私は帰郷した
私は海を歩いて帰ることにする

磁気嵐の下で

私の目も皮膚も
世界を見つめることに
疲れました
世界に反抗して
生きていたいのか
生きていけないのか
一枚の地図だけで
世界がこんなふうに
平面図で描かれていたと

壁の地図は破れかけ
私は世界という言葉に
騙されていました

私から消えた地図の記憶
悪い空気と水が
脆い陸や海を覆っています
この大陸は　森林伐採緑なく
この辺は　森林火災の焼け跡
この辺は　砂漠化で水は枯れ
この辺は　生き物たちが消え
この辺は　表土流失
この辺では何年も豪雨が続き
地形が激しく変わりました

そしてこの大陸の片隅では
絶えず戦いが続いています
この辺は 武器と兵士で溢れ
この辺は　悪い涙の歴史
この辺の地図は破れかけ
何世紀も続いて
激しく動いていた国境線

この大陸は都市たちが滅び
かつては文明があったらしいが
時代に敗け廃墟になった都市
この辺は　科学に人間が敗北
この辺は　人間が人間に敗北
人々が巧みに隠れていても
発展しすぎて自滅したのか

この大陸の文明は破壊され
全ての私たちを地図から消し
世界を他人の目で見ていた私
古い建物は壊され
窓から世界が見えないようです

私の耳も心臓も
世界の真実を知ることに
怯えていました
世界に反抗して
世界とは私の罪を感じる場所
私の不在が裁かれた場所
私が見た正しい地図は隠され
私から切り取られた私たちも
私から逃げていった私たちも

全ての私を否定した私たちが
この地図にもいないとしたら
世界はどこにあったのでしょう

私の手も足も脳も全身で
壊れた世界を感ずることに
疲れ果てていました
南極や北極圏の氷も
激しく解け始めているようです
やがては海の地図になるか
それとも海も大陸も島も消え
何も描かれていない
暗い地図になるかもしれません
さらに地軸が傾いたら
太陽光も光の熱量も

この地図に届かなくなるでしょう

この地図の前に立っていると
激しいめまいに襲われました
きっと磁気嵐なのでしょう
方位磁針も狂ったまま
私の肉体が世界から拒絶され
足下が崩れていく感覚
たとえ緯度や経度を失っても
この世界で生きていることが
私の過ちだと信じてはいません
いや　初めから私は
世界を地図だけで怯えていました

海の歴史

海に歴史はなく
水たちはどこででも繋がり
この地球には
ひとつの海しか存在しない
私の肉体も
水と光に溢れていたから
こんなにも海が
肉感的に映るのだ
逆光で輝いているのでなく

海は水の水自身の力で
美しく輝いているのだ

水の歴史は
私の来歴と重なる
郷愁の水素と酸素
私のいのちの燃焼の後
一滴の水から
どうして海が生まれたのか
海の中で受精し
遥かに遠い私の祖先は
かつて海底で生きていた
私の身体の中の海と
目の前のこの海が引き合い
私は成長したのだろう

光にも歴史はなく
一粒の光が漠然と
太陽で生まれたとは語れない
私の肉体も逆光を浴び
海の中で溶けていくのか
何億光年も遠い場所から
どれほどの時間
どれほどの空間を経て
私の肉体に辿り着いたか
やがてどんな光の粒子も
私の身体を透過し
この地球から逃げていくだろう
ここは私が生まれた海だと
見届けもせずに

海は穏やかに荒れて

Ⅰ

花散らぬ古い壊れた家
その向こうの朝焼け空
時に夕焼け空も重なり
影だけが生き生きと
そうして時代は
背景の青い山なみの下
幾つもの風景が
重なり合って過ぎていった

幾つもの時代に押し潰され
さらさらの土地に傾いた家
朽ちた漆喰の壁に瓦屋根
倒れそうな腐りかけた柱
この古い家で生まれても
ここで死ぬとは決めていない
物語風にしたいが
遺書は書き上げていないのだ

Ⅱ

書き出しが決まらない
宛名を誰にするかも決まらない
まだ生きていると潔く笑い

いつまで生きるかも決めていない
父母が張り巡らした蜘蛛糸の上で
影になって眠っていた男
ここに住み続ける意思は固めたが
正しい生き方はまだ見つからない

昨日届いた宛名のない手紙
花の匂いがしたが差出人がない
死んだ妻からの恋文なのか
崩れた柔らかな草書体
抒情のようで文脈が辿れない
白い余白だらけの人生論
血縁の声は思い出したくないと
それから男は影のまま家を出る

Ⅲ

海から聞こえる海鳥の声
空からは雨と風と光の音
地面から波の音が響く道
海は穏やかに荒れているだろう
この時代のようだと思う
時代は流れたり止まったり
男はこの土地に生きて
その先の人生を進められないのだ

海辺の花咲く墓地までは遠い
歩く度に風景が遠ざかり
そこまでの近道は決めていない
ここから先の残りの人生

生まれ育った時代と父母の痛み
妻や子と暮らした時代も忘れ
時代を捨てた虚偽の生き方も
墓地までの道順も決められない

Ⅳ

墓参りを終え妻の影を踏み忘れ
生きる慈しみを抱え家に入る男
後姿まで寂しく見せた男の影と
白い線香の煙を浴びた男の影と
咲かぬまま枯れた花を抱えた影
さらに遠い光を見つめ
自分の影を踏むから足が痛むのだ

幾つもの影を葬列のように重ね
一瞬で現れ消えた血縁たちの影
古い家も見失ったはずの時代も
男の影と重なり消えていった
男は独りを愛して住んでいたが
幾つもの愛しい影たちに囲まれ
まだ自分の影を見つけられない
影に隠れて生きていると決めていない

海霧に

穏やかな海面の上
風が静かに歩くように
海霧が流れ
見えない水平線の方へ
私から海を移動させていく
海風か　陸風か　それとも
純白の空に向かおうか
どの時代の風に流されようかと
激しく流れている海霧が
私にこの海を隠しているのだ

波打ち際に佇んでいると
地球の回転が突然停止し
ここが地球の果てにも思える
濡れた足下の砂も見えず
私を包む白い空気も湿っていて
空気はただ風の言葉を響かせ
海に一歩も近づくなと私に叫ぶ

紀元前の話だが
全ての物質は水で出来ていると
哲学者ターレスはそう予言した
海の水は戸惑いながら蒸発し
冷えた風に熱を奪われ凝縮しても
霧にはなりたくなかったようだ

水の粒子にも一つひとつ
水の貌があるように見える
霧はもう水以外の物質に変化しないと
そう気づいて行き場を失ったのか
光の明るさ　風の角度によって
海霧がさりげなく
私に表情を変えている

海の上に私の影が佇んでいた
霧がさらに濃く私の心に満ちてくる
海もまた
陸のように水だけで滅びるのか
ここもまた水の溢れた地球の表面
水平線の裏側までも隠すように

海霧が私に私の裏側をも隠していた

宿命の海

海と空と半分ずつの風景が見える
雲はなく岩に砕ける波音が響き
空に届きそうなあの崖の上に
かつて私が生まれた廃家があった
長崎県西彼杵郡野母崎町高浜
東シナ海に怯えた私の育った村
もう半世紀を超えて住む人がいない
通り過ぎる歴史を伝える人もいない
遠い昔　時代に流され辿り着いた
私たち引揚げ家族が住んでいた村だ

一九四五年八月
それは母が母の運命を試された年
結婚後住んでいた新竹の家が爆破され
竹東も危ないというので
お産のために台北の実家に戻った母
その家から山奥に疎開した家族たち
母は身重の身体で移動したのだ
少しの食料は祖父が運んだという
そして幸運にも戦争は終結したが
台北の家は生き残っていたのだ

一九四五年十月
それは母が兄の運命を産んだ年
母が母の宿命を産み落とした年だ

街の中心部も総督府も病院も爆破され
身籠った体で台北に戻ってきた母
荒れ果てた家で母は時代に怯えていた
お産婆さんも間に合わず産声も遠く
兄の脳に酸素が届かないと感じた一瞬
母はその時自分の運命に懺悔したという
あの日の激しく悲しい分娩の瞬間を
消えない記憶として記憶するしかなかった
微かに脳に障害を背負った兄の宿命
それは母の罪ではなく
時代が兄に障害を背負わせたのでもない

一九四六年三月
軍人だった祖父の勲章を全て捨てた年
敗戦後の日々の記憶は途切れたまま

基隆港から寂しい帰国を強いられた家族
大島航路用の小さな船は
木の葉のように揺れたという
三日もかかって佐世保に着いた時
もう時代を振り返らないと決め
母は涙を止めることをやめたのだ
布団袋と行李一つと泣けない赤ん坊と
それ以上の持ち物は許されなかった
それから私たち家族はあの村で
終戦の痛みを背負った時代を過ごし
あの家で歴史を背負わされ私が生まれた

それから半世紀が過ぎ
穏やかに少しずつ老いていった母
故郷の長崎半島の先端から遠く離れ

戦後という時代を辿ることもせず
激しく漂流する時代に生きる場所を探し
私たち家族五人で寄り添い
幾つも見知らぬ土地を漂流した
母は兄のために一生を捧げ
兄の運命と一緒に生きて欲しいと
いつも祈るように私も愛してくれた
母はクリスチャンとなり
兄と私の母としての宿命を生ききった
慈しみ深く　母親の宿命を信じ
必死に強く時代に追いついていこうと

一九九九年六月
それは母が教会の墓地に埋葬された年
兄の運命を私に託し母の宿命を葬った年だ

庭一面　金魚草が咲いていた
母は花に語りかけて暮らしていた
母の心の歴史を語り継ぐ人は私しかいない
愛おしい自分の宿命さえ拒んでいた母
母は決して過去の時代を語ろうとしなかった
遠く山が見える庭で小さな花を育て
幾つもの時代に笑顔を残して消えた

それから十数年後
遺影よりも小さな母の写真を抱え
私はここに帰ってきた
優しい故郷だったと語りかけてみる
いつも寄り添って生きていた母と兄
もう一度海と空を見つめ直し
母の生涯を厳かに回想してみる

人間は誰もが
誰かのために生まれた運命を背負うもの
母は兄の運命のために私を産んだのか
兄の運命を託すと言われ続けたが
私は兄のために生まれてきたのか
兄は母のために生まれてきたのではない

遠い海の歴史を隠すように
東シナ海は穏やかに輝いていた
繰り返し銀白色の波が
私に遠ざかりまた近づいてくる
幼い頃に遊んだ記憶が
波間の風の中に漂っていた
この浜を歩いていても
こんなにも海までは遠い

私の生まれた家は消えていたが
私が愛したこの海に
私の幻の家が浮かんでは消えた

覚書

この詩集は主に東シナ海をテーマとした詩篇と、私の好きな科学、地球や天体をテーマとした詩をあつめた。私は海辺の村で生まれたが、幼い頃にその地を離れたので、海辺での記憶は殆ど残っていない。台湾から引揚げてきた私の家系が、何故その地を選んだのか、そのルーツも明確には辿ってもいない。

　長崎県西彼杵《にしそのぎ》郡《ぐん》野母崎《のもざき》町《ちょう》高浜《たかはま》、私は私の本籍地の響きが好きだったが、現在は長崎市という地名に変わった。この地が本州の最西端と地図に書かれていたのを見つけた時は感動した。そんな東シナ海沿いの位置も好きだった。祖父母たちからは引揚げの話を聞いたが、父母からは不思議と聞いたことがなかった。息子の世代には語りたくなかったのだろうか。祖父母たちには思い出になっても、父母には思い出にはならなかったのだろう。

　諫早の岡耕秋氏や宮崎の南邦和氏や山梨の谷口ちかえ氏らが引揚げをテーマとした詩を残そうとして歴史的な活動し、長い苦労が実り、ようやく『全国引揚詩・引揚手記記録集』第1巻が刊行された。その台湾編にこの詩集に収めた私の詩、「宿命の海」も収録される。そのような機会がなければ、私は引揚げをテーマとした詩を書かなかったであろう。もうこのような言い方は使いたくないが、戦後に生まれ、実体験のない私がそんな詩を書いて許されるのかどうかは分からない。ただ母が亡くなった時に、母の生きた歴史を記録しておきたいと強く思ったのだ。あれから二十年以上もたって、やっと母との約束が果たせた気がする。引揚げ当時の歴史は、父方、母方の叔母から聞いた話を忠実に記録した。

私は自分の故郷を持てなかった気がする。私が生まれた廃家も幼い頃の記憶が微かに残っているだけだ。しかし、何度も故郷を訪ねているうちに、原風景が生まれてしまったらしい。私が描いた海辺の風景は子供の頃から変わってはいない。このような海を背景に詩を書き続けてきたことを故郷の海に感謝したい。

昨年末に、東京の自宅を売却し、静岡県伊東市に終の棲家を購入した。そして亡くなった妻と約束していた田舎暮らしをようやく始めようとしている。東京には姉、兄と住んでいる実家があるので、迷路のような東京からも離れることはできない。この家の窓からは山景色しか見えないが、一日中、鶯の声が聞こえている雑木林沿いに坂道を少し登れば、遠くに海を見下ろせる。この山の上の家を、これからは私の家族の故郷にするつもりである。

吉田義昭

二〇二四年四月

吉田義昭
〒四一四 - 〇〇〇一　静岡県伊東市宇佐美字沼ノ山三三二六 - 二〇 みのりの村二二七
（〒一七五 - 〇〇八三　東京都板橋区徳丸五 - 三二 - 一六）
yoshiaki-7790-y@jcom.home.ne.jp

おもな詩集・エッセイ集

『ガリレオが笑った』（二〇〇三年・書肆山田）
『北半球』（二〇〇七年・書肆山田）
『海の透視図』（二〇一〇年・洪水企画）
『歌の履歴書』（二〇一三年・洪水企画）
『空気の散歩』（二〇一六年・洪水企画）
『結晶体』（二〇一七年・砂子屋書房）
『幸福の速度』（二〇一九年・土曜美術社出版販売）
『風景病』（二〇二三年・澪標）

海《うみ》と重力《じゅうりょく》

著者　吉《よし》田《だ》義昭《よしあき》

発行者　小田啓之

発行所　株式会社思潮社

一六二-〇八四二　東京都新宿区市谷砂土原町三-十五

電話　〇三-五八〇五-七五〇一（営業）

〇三-三二六七-八一四一（編集）

印刷・製本　創栄図書印刷株式会社

発行日　二〇二四年十一月二十日